Analyse de l'œuvre

Par Lucy Meekley

Le Dieu des Petits Riens

Arundhati Roy

lePetitLittéraire.fr

Analyse de l'œuvre

Par Lucy Meekley

Le Dieu des Petits Riens

Arundhati Roy

Rendez-vous sur lepetitlitteraire.fr et découvrez :

Plus de 1200 analyses
Claires et synthétiques
Téléchargeables en 30 secondes
À imprimer chez soi

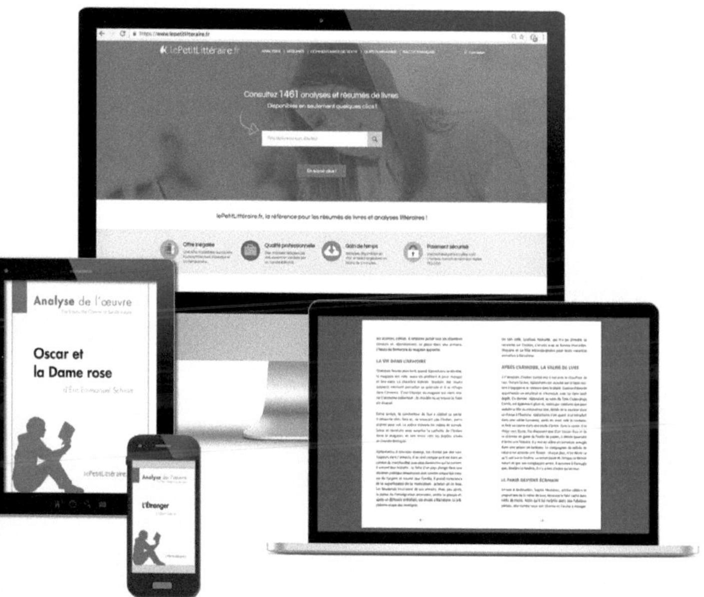

ARUNDHATI ROY

AUTEURE ET ACTIVISTE POLITIQUE INDIENNE

- **Née à Shillong, en Inde, en 1961.**
- **Travaux notables :**
  - *Le Ministère du plus grand bonheur* (2017), roman
  - *Things that Can and Cannot Be Said : Essays and Conversations* (2016), recueil d'essais.
  - *À l'écoute des sauterelles : Field Notes on Democracy* (2010), recueil d'essais

Arundhati Roy est une écrivaine indienne et une militante des droits de l'homme. Son père était un planteur de thé, et sa mère une chrétienne d'origine syrienne. Elle suit d'abord une formation d'architecte, mais n'est pas vraiment intéressée par cette profession et commence alors à écrire des scénarios pour le cinéma et la télévision. Elle n'écrit que deux ouvrages de fiction, qui connaissent un énorme succès dans le monde entier, ainsi que de nombreux essais sur la politique indienne, la violence, le pouvoir et l'environnement. *Le Dieu des Petits Riens*, son premier roman, a remporté le Man Booker Prize en 1997. Après cet immense succès, elle consacre les deux décennies suivantes au militantisme politique, et publie finalement son deuxième roman, *The Ministry of Utmost Happiness*, 20 ans plus tard, en 2017. Roy est mêlée à plusieurs affaires judiciaires en raison de ses écrits politiques, et ses critiques franches du gouvernement indien mettent même sa vie en danger.

LE DIEU DES PETITS RIENS

ROMAN SEMI-AUTOBIOGRAPHIQUE SE DÉROULANT AU KERALA

- **Genre :** roman
- **Edition de référence :** Roy, A. (1997) *The God of Small Things*. Londres : Harper Collins.
- **1ère édition :** 1997
- **Thèmes :** famille, classe, race, agression sexuelle, religion

Le Dieu des Petits Riens examine les effets des « lois de l'amour » – terme utilisé par Roy pour désigner l'ensemble complexe de restrictions sociales qui régissent les relations en Inde – sur la vie des membres d'une famille. Le roman est divisé en deux périodes : 1993, lorsque les protagonistes – les jumeaux Estha et Rahel – vivent avec leur mère divorcée, Ammu, et sa famille, et 1969, lorsque les jumeaux sont réunis à l'âge adulte après une longue séparation. Bien que le gouvernement indien ait interdit le système des castes (la hiérarchie sociale rigide du pays) en 1949, les pressions sociales qui le sous-tendent sont toujours omniprésentes, et cela affecte les relations des personnages du roman, entraînant des conséquences tragiques. Le roman se caractérise par son contenu tabou et ses thèmes sombres tels que la mort, la pédophilie et l'inceste. Roy a été loué pour son utilisation très originale et expérimentale du langage. Ce roman est le livre le plus vendu d'un auteur indien non expatrié.

L'HISTOIRE DU PASSÉ

L'histoire se déroule dans une ville appelée Ayemenem et commence avec un homme appelé Shri Benaan John Ipe (auquel on fait référence tout au long du roman sous le nom de Pappachi, signifiant «grand-père»). Il est entomologiste (quelqu'un qui étudie les insectes) et découvre ce qu'il croit être une nouvelle race de papillon de nuit. Il l'envoie pour examen, mais il est décidé que le papillon appartient en fait à une race qui existe déjà. Plus tard, un autre scientifique «redécouvre» le papillon et déclare qu'il s'agit d'une nouvelle espèce, ce qui lui vaut tous les honneurs et le nom du papillon. Pappachi est dévasté pour le reste de sa vie. Il est marié à Mammachi, une violoniste, et passe sa peine sur elle en la maltraitant. Ils gagnent leur vie en travaillant dans une usine de cornichons.

Le couple a une fille nommée Ammu, qui un jour, en quête d'indépendance, quitte la maison et se marie avec un homme appelé Baba. Elle a des jumeaux: un garçon nommé Estha, et une fille nommée Rahel. Baba est un mauvais mari, et Ammu finit par ramener les jumeaux à Ayemenem pour vivre avec ses parents. Mammachi et Pappachi ont également un fils, nommé Chacko. Il part étudier à Oxford, où il épouse une femme nommée Margaret et ils ont un enfant ensemble, nommé Sophie. Margaret tombe amoureuse d'un autre et quitte Chacko, qui a le cœur brisé et retourne à Ayemenem. C'est ainsi que toute la famille, y compris une vieille servante appelée Baby Kochamma, se retrouve à nouveau sous le même toit. Cette histoire de fond est importante pour catalyser l'action du roman.

MORT, AMOUR ET VENGEANCE

Les événements clés du roman se déroulent lorsque les jumeaux ont sept ans. Chacko a invité son ex-femme et leur fille Sophie à venir habiter chez lui, suite au décès du mari de Margaret. Toute la famille va les chercher à l'aéroport. Le voyage est long et ils passent la nuit à Cochin. Pendant leur séjour, ils vont voir *The Sound of Music*. Estha est banni dans le hall parce qu'il chante en même temps que les chansons et ennuie tout le monde. Dans le hall d'entrée, il est agressé sexuellement par l'homme qui vend des rafraîchissements, surnommé Orangedrink Lemondrink. Estha est rempli de douleur et de peur pour le reste de sa vie à cause de cet incident.

Lorsque la famille rentre à la maison avec Margaret et Sophie, on nous présente Velutha, l'homme qui fait l'entretien de l'usine de cornichons de la famille. Les jumeaux l'adorent, car il joue avec eux, et il devient vite évident que lui et Ammu sont amants. Il leur est cependant impossible d'avoir une relation ouverte car ils sont de classes sociales différentes. Lorsque les familles de Velutha et d'Ammu découvrent leur relation, elles sont furieuses, et Ammu est enfermée dans sa chambre par ses parents.

Pendant ce temps, Estha est terrifié à l'idée que Orangedrink Lemondrink le trouve, et décide de prendre un vieux bateau à rames pour traverser la rivière jusqu'à une vieille maison abandonnée où il ne sera pas trouvé. C'est dans cette même maison qu'Ammu et Velutha se rencontrent en secret. Il emmène Rahel et Sophie avec lui, mais pendant qu'ils naviguent sur l'eau, leur bateau chavire. Rahel et Estha parviennent à nager jusqu'à la rive, mais Sophie se noie. Baby Kochamma saisit cette tragédie comme un moyen de faire renvoyer Velutha, afin que la famille ne soit pas mêlée à un scandale. Elle ment à la police en disant que Velutha a violé Ammu et tenté d'enlever les enfants. Velutha est arrêté et battu de façon horrible. La police se rend vite compte que cette histoire n'est pas vraie, alors Baby Kochamma manipule Estha et Rahel pour qu'elles corroborent son histoire afin d'éviter d'être prise au piège dans son propre tissu de mensonges. En conséquence, Velutha meurt en prison, Baby Kochamma expulse Ammu de la maison, Estha est envoyé chez son père, et seule Rahel est autorisée à rester vivre avec la famille.

LES CONSÉQUENCES

Ammu meurt au début de la trentaine, quelques années seulement après l'incident. Rahel étudie l'architecture à Delhi, puis s'installe aux États-Unis. Elle se marie, mais son mari trouve ses ébats amoureux distants et ils se séparent. Lorsqu'il a 31 ans, Estha retourne à Ayemenem et Rahel le rejoint. Estha ne parle plus du tout. Une fois réunis, les jumeaux regardent leurs objets d'enfance et se souviennent. Ils font l'amour et s'enlacent. Le narrateur n'explique pas en détail pourquoi cela se produit, se contentant de dire «Il n'y a pas grand-chose que l'on puisse dire pour clarifier ce qui s'est passé ensuite [...] Seulement que ce qu'ils ont partagé cette nuit-là n'était pas le bonheur, mais un affreux chagrin» (p. 328).

ÉTUDE DE CARACTÈRE

RAHEL

Rahel est le personnage dont l'univers nous est le plus familier. Elle est la plus rebelle et la plus imaginative des deux jumeaux. Après avoir été séparée d'Estha, elle est renvoyée de l'école à plusieurs reprises, puis dérive dans la vie. Elle se marie avec un homme pour lequel elle n'éprouve aucune passion et étudie l'architecture sans s'y intéresser vraiment. Elle semble avoir cette attitude sans but parce qu'il lui manque son autre moitié, Estha, pour l'équilibrer et la guider. Les jumeaux se distinguent physiquement par la façon dont ils portent leurs cheveux :

> « La plupart des cheveux de Rahel reposaient sur le dessus de sa tête comme une fontaine. Elle les maintenait par un Love-in-Tokyo – deux perles sur un élastique, rien à voir avec l'amour ou Tokyo. Au Kerala, les Love-in-Tokyos ont résisté à l'épreuve du temps, et aujourd'hui encore, si vous en demandez un dans n'importe quel magasin pour femmes A-1, c'est ce que vous obtiendrez. Deux perles sur un élastique ». (p. 37)

ESTHA (ESTHAPPEN YAKO)

Estha est le plus mature des deux jumeaux, et c'est un enfant très doux et gentil. Il prend soin de son apparence et a une passion pour la musique :

« Estha portait ses chaussures beiges et pointues et sa houppette Elvis. Sa houppette de sortie spéciale. Sa chanson préférée d'Elvis était "Party". "Certains aiment le rock, d'autres aiment rouler", chantonnait-il quand personne ne regardait, en jouant de la raquette de badminton, en plissant les lèvres comme Elvis. Mais c'est la lune et le bécotage qui vont satisfaire mon âme, alors il faut faire la fête… ». (ibid.)

Le traumatisme de l'agression sexuelle l'affecte toute sa vie et le fait passer instantanément du statut d'enfant innocent à celui de personne qui voit le monde comme un endroit sombre et insupportable. C'est lui qui est obligé de condamner Velutha, ce qui contribue au fait qu'il ne parle plus jamais ensuite.

AMMU

Ammu est la mère des jumeaux. C'est une femme forte à l'esprit rebelle, et elle quitte la maison lorsqu'elle est jeune pour vivre avec son mari. À son retour, elle a une liaison avec Velutha et est prête à risquer la condamnation sociale pour blanchir son nom lorsque leur liaison est découverte. Roy la présente comme ayant deux côtés forts de sa personnalité :

« Qu'est-ce qui a donné à Ammu cet aspect dangereux ? Cet air d'imprévisibilité ? C'était ce qu'elle avait en elle. Un mélange incomparable. L'infinie tendresse de la maternité et la rage insouciante d'un kamikaze. C'est cela qui a grandi en elle, et l'a finalement conduite à aimer la nuit l'homme que ses enfants aimaient le jour. » (p. 44)

Cette rage vient en partie du fait qu'elle a subi des relations abusives de la part de son père et de son mari, et en partie de son mépris pour le système des castes. Contrairement au reste de sa famille, elle ne se préoccupe pas de la façon dont la société la perçoit et n'a honte ni de son divorce ni de sa liaison avec Velutha. Elle connaît une fin tragique, car elle est séparée de ses enfants et meurt jeune et seule.

VELUTHA

Velutha est l'ouvrier d'entretien de l'usine de cornichons de Mammachi, et est un « intouchable », c'est-à-dire qu'il appartient à la classe sociale la plus basse. La première fois que nous rencontrons Velutha, il participe à une marche communiste, ce qui indique qu'il partage les opinions rebelles d'Ammu. Ils se sont connus enfants. Il fabriquait de petits animaux en bois pour Ammu, qu'elle prenait directement dans sa main, enfreignant ainsi les règles sociales selon lesquelles ils n'étaient pas autorisés à se toucher. Aux yeux d'Ammu, il est décrit comme physiquement beau : « Contourné et dur. Un corps de nageur-charpentier. Poli avec un cirage pour corps à haute teneur en cire. Il avait des pommettes hautes et un sourire blanc et soudain » (p. 175).

ANALYSE

PETITES CHOSES

Dès la première page, le roman est inondé de petites choses, comme les détails infimes du paysage et les collections d'objets précieux appartenant à chaque personnage. « Petit » pourrait être assimilé à insignifiant, et l'imprécision des « choses » renforce cette interprétation. Cependant, « petit » évoque également la délicatesse, reflétant la préciosité et la fragilité des petites choses que nous collectionnons tout au long de notre vie.

Roy s'intéresse à l'interconnexion des petites et des grandes choses, et à la façon dont ce qui semble insignifiant peut avoir un impact énorme. Le roman porte le nom d'un de ses personnages, Velutha, qui est identifié comme Le Dieu des Petits Riens en raison de son travail exceptionnel du bois :

> « Il était comme un petit magicien. Il pouvait fabriquer des jouets complexes – des moulins à vent minuscules, des hochets, des boîtes à bijoux minuscules à partir de roseaux de palmier séchés ; il pouvait sculpter des bateaux parfaits à partir de tiges de tapioca et des figurines sur des noix de cajou. Il les apportait à Ammu [...] Bien qu'il soit plus jeune qu'elle, il l'appelait Ammukutty – Petite Ammu. » (p. 74)

Le tendre surnom de "Little Ammu" illustre le fait que Velutha est conscient de la signification des petites choses et qu'il est capable de voir leur beauté. Cela est crucial lorsqu'il s'agit de leur histoire d'amour : « Ils n'avaient rien. Pas d'avenir. Alors ils s'en tenaient aux petites choses » (p. 338).

LANGUE ET STYLE

Le jeu de Roy avec le langage est un trait caractéristique de *Le Dieu des Petits Riens*. Elle présente ses personnages comme utilisant l'anglais de manière très consciente, car ils l'apprennent en tant qu'enfants et en tant que membres d'une nation anciennement colonisée. Salman Rushdie (auteur indien d'origine britannique, né en 1947) a décrit l'anglais littéraire indien comme étant une « chutnification » dans laquelle divers éléments indigènes et étrangers sont mélangés, comme le chutney. Roy fait référence à cette idée à travers l'usine de cornichons du roman : elle est clairement consciente des complications liées à l'utilisation de la langue anglaise imposée par la colonisation comme moyen d'exprimer la culture indienne. La confiture que la famille fabrique devient un symbole du problème de la classification dans le roman :

> *« Ils faisaient des cornichons, des courges, des confitures, des poudres de curry et des conserves d'ananas. Et de la confiture de banane (illégalement) après que la FPO (Food Products Organization) l'ait interdite parce que, selon leurs spécifications, ce n'était ni de la confiture ni de la gelée. Trop fine pour la gelée et trop épaisse pour la confiture. Une consistance ambiguë, inclassable, disaient-ils [...] Avec le recul, Rahel avait l'impression que cette difficulté que leur famille avait*

Cette collision culturelle est la plus évidente lorsque la famille accueille Margaret et Sophie à l'aéroport : « "Bonjour à tous", dit [Sophie]. J'ai l'impression de vous connaître depuis des années ». *"Hello wall"* (p. 143). Cet homophone imite la manipulation du son et du sens des mots par les jumeaux. Il s'agit d'un commentaire humoristique sur leur réaction stérile à son salut fallacieux, et établit une barrière de communication.

Les tensions entre ces langues sont montrées à travers la défiance d'Estha et Rahel envers les règles de l'anglais : « Margaret Kochamma lui a dit de Stoppit. Alors elle Stoppit » (p. 141) ; « De l'autre côté de la grande balustrade en fer qui séparait les Meeters des Met, et les Greeters des Gret » (p. 142). Les jumeaux prennent plaisir à jouer avec le langage, et le manipuler est presque un acte de rébellion pour eux. Cela rend d'autant plus significatif le fait qu'Estha cesse de parler.

Le récit n'est pas écrit chronologiquement : nous vivons les événements dans le désordre, ce qui permet à Roy de préfigurer les événements et d'inclure de multiples perspectives sur ceux-ci. Nous oscillons entre 1969 et 1993, et ce n'est qu'à la fin que nous bouclons la boucle pour comprendre comment nous sommes arrivés à la première page, lorsque Rahel retourne à Ayemenem. Pour Roy, l'histoire ne porte pas sur le résultat final, mais sur le voyage qui y mène. Elle n'est pas intéressée par la résolution, car offrir une résolution satisfaisante, alors que les problèmes qui sous-tendent le récit sont toujours présents dans la réalité, serait malhonnête et saperait la critique de Roy à l'égard de la société. Roy structure son récit de manière à mettre l'accent sur ce qu'elle considère comme significatif, et pas seulement sur les faits chronologiques.

CLASSE SOCIALE ET FRONTIÈRES

Les pressions sociales extrêmes au sein de la société indienne créent de nombreuses limites, que les personnages du roman franchissent et ignorent à plusieurs reprises. Le système indien des castes est vieux de 3000 ans. Conçu à l'origine comme un élément de la religion hindoue, il était destiné à assigner un devoir aux membres de la société, mais il est rapidement devenu un moyen pour les privilégiés d'abuser de leur pouvoir sur les classes inférieures. L'un des pires éléments de ce système est l'idée des « Intouchables », des personnes d'un rang si bas qu'elles ne sont même pas capables de toucher une personne d'un rang supérieur au leur. Bien qu'il soit désormais illégal de pratiquer une discrimination fondée sur la caste, les préjugés instillés par ce système régissent toujours la société indienne.

Le roman de Roy est remarquable parce qu'il dépeint un défi à ce système. Les relations amoureuses des personnages, en particulier, franchissent de nombreuses frontières religieuses, culturelles et morales. Il y a un modèle d'amour voué à l'échec : Chacko et Margaret, Baby Kochamma et le père Mulligan, Ammu et son mari (sans nom), Rahel et Larry, Ammu et Velutha et l'amour incestueux d'Estha et Rahel. Il est peut-être difficile pour un lecteur occidental de le saisir pleinement, mais la description par Roy de la relation entre Velutha, un intouchable, et Ammu, une non-intouchable, comme belle et aimante, est extrêmement radicale et controversée dans la société indienne.

Un autre exemple de franchissement des frontières est la traversée de la rivière, que les enfants traversent pour s'enfuir, et qu'Ammu et Velutha traversent pour mener à bien leur relation amoureuse. Le chapitre 15 est un court chapitre (une page seulement), anormal, intitulé « La traversée », qui décrit la traversée finale de la rivière par Velutha après que sa liaison avec Ammu ait été révélée. Il explore sa traversée des frontières établies par l'histoire, les « lois de l'amour » et les lois de la caste. Bien qu'il transgresse les règles de l'histoire, en tant qu'Intouchable, il ne laisse pas de trace : « Il n'a laissé aucune ondulation dans l'eau. Aucune empreinte sur le rivage » (p. 289-290). Son histoire, qui devrait inspirer l'espoir d'un effondrement du système des castes, est détruite.

RÉFLEXION COMPLÉMENTAIRE

QUELQUES QUESTIONS À MÉDITER...

- Selon vous, quelles sont les « petites choses » qui alimentent le récit ?
- Roy fait référence à d'autres grandes œuvres de la littérature indienne : quelles références pouvez-vous repérer et quelle est leur signification ?
- Quelle est la signification des rapports incestueux des jumeaux ?
- Le récit fait des allers-retours entre deux époques. Comment cela améliore-t-il ou obscurcit-il notre lecture de l'histoire ?
- Quel rôle la classe sociale joue-t-elle dans l'histoire ?
- Qui est le « Dieu des petites choses », et quelle est la signification de ce titre ?
- Quelles sont les frontières qui sont franchies au cours du roman ?
- Le roman s'intéresse aux histoires et aux souvenirs. Quelles sont les métaphores utilisées par Roy pour illustrer cela ?

AUTRES LECTURES

EDITION DE RÉFÉRENCE

- Roy, A. (1997) *The God of Small Things.* Londres : Harper Collins.

ÉTUDES DE RÉFÉRENCE

- Tikkanen, A. (2018) Arundhati Roy. *Encyclopaedia Britannica.* [En ligne]. [Consulté le 30 novembre 2018]. Disponible à l'adresse suivante : <https://www.britannica.com/biography/Arundhati-Roy>

Votre avis nous intéresse !
Laissez un commentaire sur le site de votre librairie en ligne
et partagez vos coups de cœur sur les réseaux sociaux !

lePetitLittéraire.fr

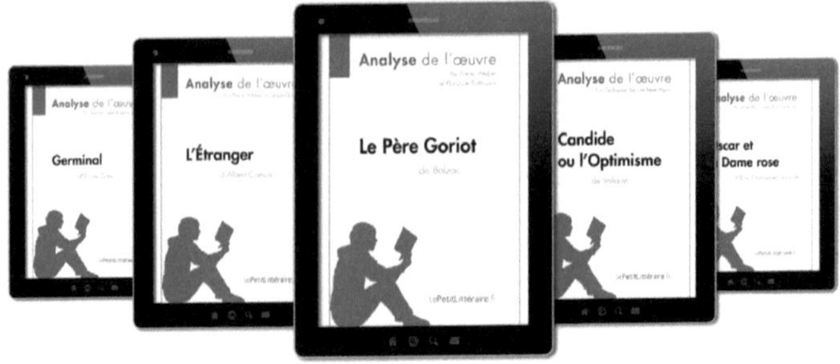

- des analyses de livres
- des fiches de lectures
- des commentaires littéraires
- des questionnaires de lecture
- des résumés

**Retrouvez
notre offre complète sur
lePetitLittéraire.fr**

L'éditeur veille à la fiabilité des informations publiées,
 lesquelles ne pourraient toutefois engager sa responsabilité.

www.lepetitlitteraire.fr

ISBN version numérique : 9782808684743
ISBN version papier : 9782808685542
Dépôt légal : D/2023/12603/1054

Conception numérique : Primento,
le partenaire numérique des éditeurs.

CRITERI SMART

Diventare più vincenti fissando obiettivi migliori

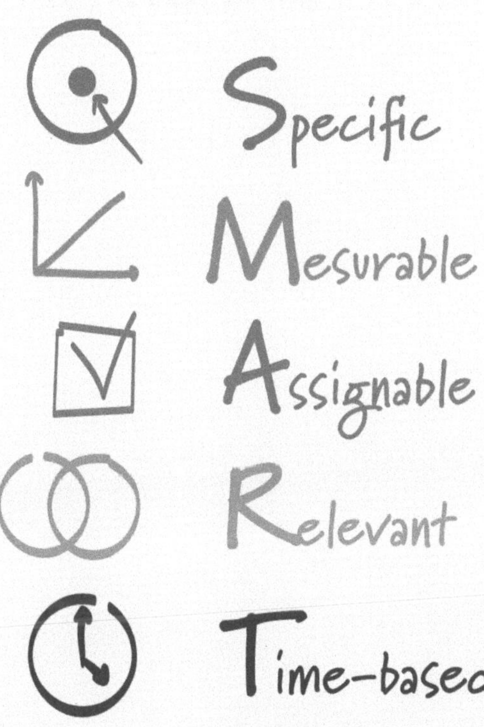

50MINUTES.com

CRITERI SMART

Diventare più vincenti fissando obiettivi migliori

scritto da Guillaume Steffens
tradotto par Sara Rossi

50MINUTES.com